Il Mulino a Vento

Per volare con la fantasia

Collana di narrativa per ragazzi
diretta da
Luigino Quaresima

11

GRUPPO EDITORIALE
RAFFAELLO

I^a^ Edizione 2002

Ristampa

7 6 5 4 3 2 1 2008 2007 2006 2005 2004 2003 2002

Raffaello Editrice

Via Brodolini, 16-18 Monte San Vito (AN)

Tel. 071/749851 n° 6 linee r.a. Fax 071/7498520

E. Mail: info@raffaelloeditrice.it

*http://*www.raffaelloeditrice.it

Printed in Italy

Giovanna Marchegiani

RAMPICHINA E LA VOGLIA DI VOLARE

Illustrazioni di

Chiara Alessandroni

A Silvia e a Marty...
perché guardino sempre in alto.

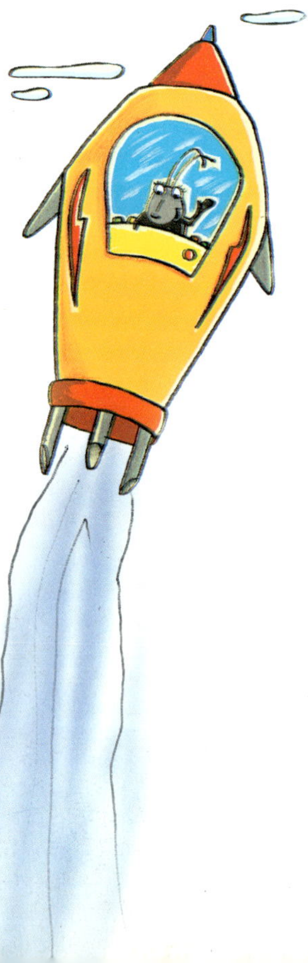

Il giorno tanto atteso è arrivato.
Finalmente le uova si sono dischiuse e il formicaio si arricchisce di centinaia di nuovi abitanti.

Le formichine appena nate si muovono in continuazione e mangiano cibo nutriente per crescere rapidamente.

La sera le più anziane raccontano una strana leggenda.

– In un punto lontanissimo dell'universo – narrano – c'è uno splendido pianeta abitato da formiche dai mille colori. Il nero non esiste, lassù. Quelle formiche hanno le ali color dell'oro e volano tutto il giorno tra fiori stupendi.

– Anche alcune di noi hanno le ali – si entusiasmano le più pronte.

– Sì – continuano le formiche anziane – ma solo per qualche giorno. Purtroppo siamo condannate a vivere sulla terra, schiave della fatica. Il cielo non è per noi.

Le formichine pian piano chiudono gli occhi e si addormentano. Non sentono il messaggio di speranza con il quale termina il racconto.

– Ma un giorno arriverà da quel pianeta una grande guerriera e ci porterà tutte con lei.

Le formiche dormono.
Tutte meno una.
È la più vivace,
la più sognatrice.

– Io voglio volare! – grida entusiasta.

– Ssss!!... – la calmano le anziane. – Un giorno, forse...

Il giorno dopo la formichina vivace e sognatrice si arrampica da sola fin sul bordo del grosso buco e vede un mare di luce e di colori.

Un OH! di meraviglia le esce spontaneo.

– Altolà! – grida la sentinella. – Questo è contro le regole. Vai al tuo posto con le altre!

Due grosse tenaglie aperte la convincono a tornare indietro.

La formichina però non ubbidisce e il giorno dopo torna ad osservare le bellezze della natura. E il giorno dopo ancora, e così per una settimana.

Le amiche, vedendola arrampicarsi di continuo sulla parete del buco, cominciano a chiamarla Rampichina.

– Rampichina – la avvertono, – ubbidisci ai grandi e rispetta le regole del gruppo, altrimenti sarai punita!

Rampichina neanche le sente.

– Io vedo tante cose meraviglio-se – grida. – Il verde dell'erba, il giallo del grano, il rosso delle rose. Poi tanti fiori, case, bambini, auto... È bellissimo!

Finalmente arriva il giorno della prima uscita.

Le formiche, ubbidienti e rispettose delle regole, si avviano una dietro l'altra lungo il percorso che le porta in cima al formicaio.

Ma Rampichina è indipendente.
Invece di seguire le altre,
scatta veloce e
si arrampica
sullo stelo
di un papavero
mosso dal vento.
Infine si riposa
sul bordo di un petalo.

– Che meraviglia! – grida entusiasta dondolandosi come su una magica altalena.

– È pericoloso, torna da noi! – la implorano le amiche.

Rampichina non risponde.
Spicca un salto verso un'altra foglia, ma le sue zampette non sono abituate a certe acrobazie.
E cade verso terra.

– Poverina, non la rivedremo più! – piangono le amiche più care mentre si asciugano una lacrima. – Era veramente in gamba.

Per fortuna un filo d'erba attutisce la caduta e Rampichina si ritrova soltanto un po' stordita.

Quando torna dalle compagne, esse non credono ai propri occhi: chi la abbraccia,

chi salta di gioia,

chi batte le zampine gridando: **EVVIVA!**, **URRÀ!**.

Ma la confusione non è prevista dal regolamento della comunità e le leggi delle formiche sono ferree.

Rampichina deve essere punita!

Viene legata con robusti fili d'erba allo stelo di un *dente di leone*.

E lì, sola, deve passare la notte.

– È più forte di me – si sfoga Rampichina. – Io voglio volare, voglio trovare il *Pianeta delle formiche alate*.

Non ci pensa su due volte. Mette in azione le sue tenaglie e dopo vari tentativi riesce a troncare i legamenti.

Rivolge un pensiero affettuoso alle sue amiche che dormono tranquille nel formicaio:

– Addio per sempre... Mi dispiace di lasciarvi, ma non so resistere.

E inizia la sua strepitosa avventura.

È buio. Rampichina cammina spedita tra i fili d'erba, quando incontra un essere lungo lungo.

– Quante zampe! – esclama impaurita. – Chi sei?

– Sono Federico e vado in giro a cercare un po' di frescura – risponde il millepiedi. – E tu dove vai, così sola soletta?

– Voglio volare! – risponde decisa Rampichina.

– Volare?... Impossibile! Anch'io lo vorrei, ma... Siamo fatti per muoverci sulla terra!

– Voglio volare! – insiste Rampichina.

– E io voglio la luna! – sbotta qualcuno con un gran vocione.

– È Poldo, il rospo brontolone nostro amico – spiega Federico. – È molto giudizioso, ma vuole sempre scherzare.

Rampichina abbassa il capo e diventa seria.

– Vuoi volare??... Te lo insegno io! Fai come me quando scappo perché mi rincorre il gatto Teodorico. Più "volare" di quello!...

– Non gli dare ascolto – interviene Federico. – È il topolino Gelsomino. Anche lui scherza, ma ha un cuore d'oro.

Rampichina si fa triste.

– Voglio volare anch'io! – esclama una simpatica lombrichetta affacciandosi da un piccolo buco. – Sono stanca di essere sempre sporca di terra. Voglio l'aria del cielo!

– È Sonia, e anche lei vorrebbe volare – commenta Federico. – Tutti noi lo vorremmo, ma la nostra vita è qui.

Rampichina diventa ancor più triste.

All'improvviso Rampichina si ritrova in cima ad una montagna di terriccio.

– Volare?
È una nuova scoperta della moderna tecnologia?... Avvisatemi, ci voglio essere anch'io!

– Questa è la talpa Filiberta – spiega Federico. – Come vedi, tutti vorremmo volare, ma... Accetta la tua condizione!

Rampichina non resiste oltre. Si solleva sulle zampette posteriori e, in cima alla montagna di terriccio, grida a squarciagola:

– Voglio volare!!!... Non mi importa niente di voi: io voglio volare!

Tutti ammutoliscono.

Qualche granello di terra si muove e Rampichina scivola e finisce dentro il foro della galleria di Filiberta.

È buio pesto, ma la formichina nemmeno se ne accorge.

Stanca morta per le vicende capitatele, si addormenta immediatamente vicino alla talpa.

All'improvviso qualcosa di misterioso la sveglia.

È un vero terremoto.

– Fuggiamo! – grida Filiberta. – Qui frana tutto!

Rampichina e Filiberta si precipitano fuori e si accorgono che è giorno fatto.

Subito scoprono chi ha causato quel finimondo.

– È Maciste, il toro dispettoso – esclama la talpa. – Viene sempre a passeggiare sopra le mie gallerie, quel maleducato!

– Anche lui, forse, vorrebbe volare – spiega Filiberta. – Ma ha accettato la sua condizione. Vedi come pascola tranquillo?

– Sì, ma lui è pesante! – risponde Rampichina. – Io, invece, sono leggera. E voglio volare!

Ad un tratto Rampichina nota un animaletto delizioso: rotondo, rosso e con tanti puntini neri.

– È Teresina – spiega Filiberta, – la nostra amica coccinella.

– A te piacerebbe volare? – le chiede la formichina.

– Ma io “so” volare! – risponde Teresina quasi offesa.

Apre le elitre e dispiega le ali che subito la portano in giro sospesa nell’aria.

Rampichina è sbalordita.

Segue meravigliata il volo di Teresina e... Guardando in alto, scopre un mondo completamente nuovo: le farfalle che svolazzano intorno a lei, le libellule che si librano leggere nell'aria e...

...e tanti, tanti uccelli che diffondono nel cielo il loro canto melodioso.

– Perché siete così felici? – chiede la formichina.

– Perché abbiamo le ali per volare!

– Voglio volare anch'io! – grida Rampichina.

E prova a muovere il corpo come se avesse veramente le ali.

Che delusione!

Resta lì sul prato, immobile e triste più che mai.

– Vuoi fare un giretto? – le chiede Michelino, un colibrì che ha capito il dramma di Rampichina. – Sali!

La formichina non si fa ripetere due volte l’invito.

Con quattro salti e due giravolte è sul capo di Michelino, si aggrappa tenacemente sulla peluria leggera e...

...e finalmente prova l'ebbrezza del volo.

Può ammirare lo stupendo panorama sotto di lei, mentre l'aria le accarezza il viso e le fa vibrare il corpo.

– VOLOOO!!...

Al termine del volo Rampichina non sta più in sé dalla gioia.

– Voglio andare nel *Pianeta delle formiche alate*! – grida.

Gli animali che ha incontrato pensano di riunirsi in assemblea per aiutare la formichina.

Chi ne dice una, chi ne pensa un'altra, chi progetta, chi fantastica. Ma la soluzione non arriva.

Ad un tratto Michelino propone:

– Giù nella palude c'è un airone mio amico, Zampalunga. Nelle sue migrazioni ha visto tante cose. Sicuramente saprà aiutarci.

Zampalunga è gentilissimo:
– Domani parto.
Vuoi venire con me?
Ho visto tante cose
e ti assicuro che
c'è quel che fa
per te.
Forse potrai
trovare il *Pianeta delle formiche alate*
di cui parla la leggenda.

– Evviva! – grida Rampichina
saltando di gioia.

Il giorno dopo Zampalunga, con la formichina ben attaccata alle piume della sua testa, parte per un lungo viaggio. Vola sopra monti e città, attraversa fiumi e mari, e finalmente si ferma in uno strano luogo.

Fa scendere Rampichina, le augura buona fortuna e riparte.

Rampichina si trova in un centro spaziale. Il missile è pronto sulla rampa di lancio con la navicella piena di complicati strumenti.

La formichina si arrampica con fatica sulla parete scivolosa e...

ZAC! è dentro.

"Meno tre... meno due... meno uno... via!".

Il missile parte verso l'ignoto.

È passato molto tempo.

Oggi le formiche seguitano ad andare su e giù nel formicaio e ogni volta portano un nuovo semino.

Di Rampichina non si è saputo più niente.

Ma un misterioso messaggio giunge continuamente sulla terra.

Prima o poi qualcuno lo decifrerà.

Intanto le nonne seguitano a raccontare alle formiche nate da poco la leggenda del "Pianeta delle formiche alate" e della coraggiosa formichina:

– Un giorno tornerà e ci racconterà cosa c'è lassù, sopra di noi, lontano lontano.

Ogni piccola formica, allora, si alza sulle zampine posteriori ed esclama coraggiosamente:

– Io da grande voglio essere come Rampichina!

Rampichina e la voglia di volare

Per comprendere meglio

A cura di Cristina Cicconi

LA STORIA CONFUSA

Le formiche più anziane raccontano alle piccoline una strana leggenda, ma hanno fatto confusione. Prova tu a raccontarla giusta.

CONFUSA

In un punto lontano dell'Universo c'è uno splendido pianeta abitato da farfalle tutte bianche. I colori non esistono lassù. Queste farfalle non hanno le ali e dormono tutto il giorno.

GIUSTA

LE PIAZZE CHIACCHIERINE

Rampichina per arrivare al missile deve rispondere a tutte le domande. Aiutala!

I NUOVI AMICI DI RAMPICHINA

- Quanti animali caratteristici incontra la nostra Rampichina!

  Collega ogni animale al nome che ha nel racconto.

CRUCIVERBA

Com'è Rampichina? Inserisci i nomi degli oggetti disegnati nelle caselle. Nella colonna gialla avrai la risposta.

1 VASO
2 SOLE
3 OROLOGIO
4 LUNA
5 MANO
6 TRE
7 FIORE
8 DIECI
9 FORBICI
10 SEDIO

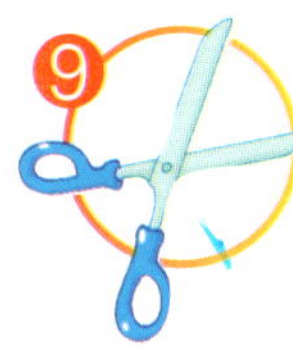

Rampichina è SOGNATRICE

IN CIELO O IN TERRA?

- Cerchia con il *rosso* il nome degli amici di Rampichina che hanno le ali e con il *verde* quelli che non volano.

Il dispettosissimo toro Maciste

Poldo, il rospo brontolone

Teresina, la coccinella colorata

Gelsomino, il fantastico e velocissimo topolino

Michelino, il piccolo colibrì

- Prova a disegnarne uno con le ali e uno senza.

DISEGNO NASCOSTO

Che cosa ha visto Rampichina la prima volta che è salita in cima al formicaio?

Per scoprirlo colora gli spazi segnati dai puntini nel seguente modo:

- ● verde
- ●● rosso
- ●●● giallo

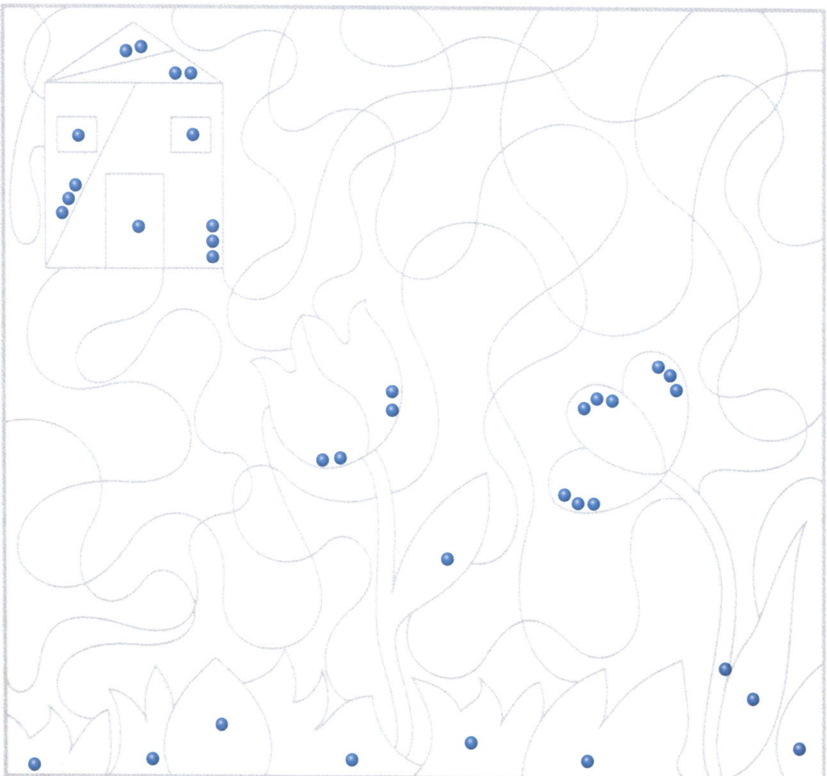

COSTRUISCI
LA SCHEDA DEL LIBRO

Autore: (nome e cognome) ....

(vivente - vissuto nel...) ....

(nazionalità) ....

Titolo: ....

Casa Editrice: ....

Protagonista: (personaggio principale) ....

....

Altri personaggi importanti: ....

....

Personaggio che mi è piaciuto di più: ....

Disegnalo qui sotto:

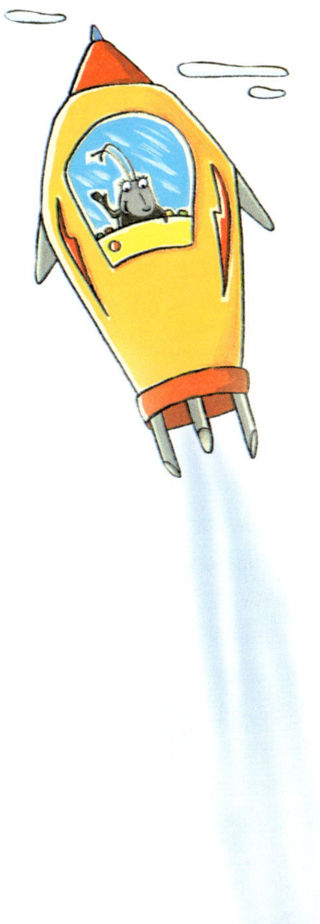

Serie Gialla (prime letture)

1 – *Ivonne Mesturini* – Nicolò e Brilli
2 – *Ivan Sciapeconi* – Zezè e Cocoricò
3 – *Mara Porta* – Croac e la strana malattia
4 – *Loredana Frescura* – Il fantasma dispettoso
5 – *Giovanna Marchegiani* – Gedeone, il pagliaccio mattacchione
6 – *Giovanna Marchegiani* – Le scorpacciate di Gelsomina
7 – *Luigino Quaresima* – Ed ora... a scuola! I BENDOLS
8 – *Luigino Quaresima* – Avventure... a scuola I BENDOLS
9 – *Luigino Quaresima* – Vacanze pazze I BENDOLS
10 – *Luigino Quaresima* – L'eroico Ot I BENDOLS
11 – *Giovanna Marchegiani* – Rampichina e la voglia di volare

Serie Rossa (a partire dai 7 anni)

1 – *Esopo* – Le più belle favole
2 – *Antonella Ossorio* – Tante fiabe in rima
3 – *Carlo Collodi* – Pinocchio
4 – *Luigino Quaresima* – L'astrobolla
5 – *Gabriella Pirola* – Nata sotto un cavolo
6 – *Luigi Capuana* – Trottolina e altre fiabe
7 – *Paola Valente* – La Maestra Tiramisù
8 – *Fatima Mariucci* – Il formicuzzo Gennaro
9 – *Giovanna Marchegiani* – Leo e... Poldo
10 – *Antonella Ossorio* – Tante favole in rima
11 – *Domenico Romano Mantovani* – L'omino nella tromba
12 – *Marco Moschini* – I rapatori di teste
13 – *Nicola Cinquetti* – Un pirata in soffitta
14 – *Valente, Mantovani, Moschini, Cinquetti* – Fra streghe e... risate
15 – *Annalisa Molaschi* – Un safari emozionante
16 – *Rosalia Mariani* – Guerra agli spauracchi
17 – *Maria Strianese* – Il ragno volante
18 – *Annamaria Piccione* – Hanno rapito mio fratello
19 – *Paola Segantin* – Non arrenderti, Fortuna!

Serie Blu (a partire dai 9 anni)

1 – *Rudolf Erich Raspe* – Il Barone di Münchhausen
2 – *Cinzia Marotta* – Koll, la città sulle isole
3 – *Lyman Frank Baum* – Il Mago di Oz
4 – *Luigino Quaresima* – Il ritorno della mummia
5 – *Nadia Bellini* – Il mondo di Federico
6 – *Oscar Wilde* – Il Principe Felice e altri racconti
7 – *Olga Sesso* – Janurè e le favole del mondo
8 – *Ruben Marini* – Alto, forte, con i capelli un po' lunghi
9 – *Luigino Quaresima* – Prigionieri della strega
10 – *Loredana Frescura* – Protov non dimentica
11 – *Rosa Dattolico* – Accidenti, che estate!
12 – *Paola Valente* – La classe terribile
13 – *Eleonora Laffranchini* – Caccia al virus
14 – *Marco Tomatis* – Il mistero della pietra nera
15 – *Frescura, Laffranchini, Tomatis* – Gatti, attori e battaglie
16 – *Gualtiero Bordiglioni* – Il professore non è matto
17 – *Daniela Donati* – L'alzabambini
18 – *Luigi Ferraresso* – Ciao maestro
19 – *Rossana Guarnieri* – Il mistero del drago
20 – *Annamaria Pozzi* – Prigionieri in alto mare

Puoi comunicare

— le tue impressioni
— le tue proposte
— i tuoi desideri

scrivendo a: RAFFAELLO EDITRICE

Via Brodolini, 18
60037 Monte San Vito (AN)

E. Mail: raffaelloeditrice@tin.it

Avrai sempre una risposta.

Puoi trovare il catalogo completo del Mulino a Vento con le ultime novità all'ndirizzo:

http://www.raffaelloeditrice.it

Stampa **RAFFAELLO EDITRICE**

Serie Gialla
11